Classique Érotique

HOMBRES

Poésie érotique

Écrit par
Paul Verlaine

GRANDS classiques .com

I

One blasphème pas, poète, et souviens-toi.
Certes la femme est bien, elle vaut qu'on la baise,
Son cul lui fait honneur, encor qu'un brin obèse
Et je l'ai savouré maintes fois, quant à moi.

Ce cul (et les tétons) quel nid à nos caresses !
Je l'embrasse à genoux et lèche son pertuis
Tandis que mes doigts vont, fouillant dans l'autre puits
Et les beaux seins, combien cochonnes leurs paresses !

Et puis, il sert, ce cul, encor, surtout au lit
Comme adjuvant aux fins de coussins, de sous-ventre,
De ressort à boudin du vrai ventre pour qu'entre
Plus avant l'homme dans la femme qu'il élit,

J'y délasse mes mains, mes bras aussi, mes jambes,
Mes pieds. Tant de fraîcheur, d'élastique rondeur
M'en font un reposoir désirable où, rôdeur,
Par instant le désir sautille en vœux ingambes.

Mais comparer le cul de l'homme à ce bon cul
À ce gros cul moins voluptueux que pratique
Le cul de l'homme fleur de joie et d'esthétique
Surtout l'en proclamer le serf et le vaincu,

« C'est mal, » a dit l'amour. Et la voix de l'Histoire.

Cul de l'homme, honneur pur de l'Hellade et décor
Divin de Rome vraie et plus divin encor,
De Sodome morte, martyre pour sa gloire.

Shakespeare, abandonnant du coup Ophélia,
Cordélia, Desdémona, tout son beau sexe
Chantait en vers magnificents qu'un sot s'en vexe
La forme masculine et son alleluia.

Les Valois étaient fous du mâle et dans notre ère
L'Europe embourgeoisée et féminine tant
Néanmoins admira ce Louis de Bavière,
Le roi vierge au grand cœur pour l'homme seul battant.

La Chair, même, la chair de la femme proclame
Le cul, le vit, le torse et l'œil du fier Puceau,
Et c'est pourquoi, d'après le conseil à Rousseau,
Il faut parfois, poète, un peu « quitter la dame ».

1891.

II
Mille et tre

Mes amants n'appartiennent pas aux classes riches :
Ce sont des ouvriers faubouriens ou ruraux,
Leurs quinze et leurs vingt ans sans apprêts sont mal
chiches
De force assez brutale et de procédés gros.

Je les goûte en habits de travail, cotte et veste ;
Ils ne sentent pas l'ambre et fleurent de santé
Pure et simple ; leur marche un peu lourde, va preste
Pourtant, car jeune, et grave en l'élasticité ;

Leurs yeux francs et matois crépitent de malice
Cordiale et des mots naïvement rusés
Partent non sans un gai juron qui les épice
De leur bouche bien fraîche aux solides baisers ;

Leur pine vigoureuse et leurs fesses joyeuses
Réjouissent la nuit et ma queue et mon cul ;
Sous la lampe et le petit jour, leurs chairs joyeuses
Ressuscitent mon désir las, jamais vaincu.

Cuisses, âmes, mains, tout mon être pêle-mêle,
Mémoire, pieds, cœur, dos et l'oreille et le nez
Et la fressure, tout gueule une ritournelle,

Et trépigne un chahut dans leurs bras forcenés.

Un chahut, une ritournelle fol et folle
Et plutôt divins qu'infernals, plus infernals
Que divins, à m'y perdre, et j'y nage et j'y vole,
Dans leur sueur et leur haleine, dans ces bals.

Mes deux Charles l'un jeune tigre aux yeux de chattes
Sorte d'enfant de chœur grandissant en soudard,
L'autre, fier gaillard, bel effronté que n'épate
Que ma pente vertigineuse vers son dard.

Odilon, un gamin, mais monté comme un homme
Ses pieds aiment les miens épris de ses orteils
Mieux encore mais pas plus que de son reste en somme
Adorable drûment, mais ses pieds sans pareils !

Caresseurs, satin frais, délicates phalanges
Sous les plantes, autour des chevilles, et sur
La cambrure veineuse et ces baisers étranges
Si doux, de quatre pieds, ayant une âme, sûr !

Antoine, encor, proverbial quant à la queue,
Lui, mon roi triomphal et mon suprême Dieu,
Taraudant tout mon cœur de sa prunelle bleue
Et tout mon cul de son épouvantable épieu.

Paul, un athlète blond aux pectoraux superbes
Poitrine blanche, aux durs boutons sucés ainsi
Que le bon bout ; François, souple comme des gerbes

Ses jambes de danseur, et beau, son chibre aussi !

Auguste qui se fait de jour en jour plus mâle
(Il était bien joli quand ça nous arriva)
Jules, un peu putain avec sa beauté pâle.
Henri, me va en leurs conscrits qui, las ! s'en va ;

Et vous tous ! à la file ou confondus en bande
Ou seuls, vision si nette des jours passés,
Passions du présent, futur qui croît et bande
Chéris sans nombre qui n'êtes jamais assez !

1891.

III
Balanide

1

C'est un plus petit cœur
Avec la pointe en l'air ;
Symbole doux et fier
C'est un plus tendre cœur.

Il verse ah ! que de pleurs
Corrosifs plus que feu
Prolongés mieux qu'adieu,
Blancs comme blanches fleurs !

Vêtu de violet,
Fait beau le voir yssir,
Mais à tout le plaisir
Qu'il donne quand lui plaît !

Comme un évêque au chœur
Il est plein d'onction
Sa bénédiction
Va de l'autel au chœur.

Il ne met que du soir
Au réveil auroral

Son anneau pastoral
D'améthyste et d'or noir.

Puis le rite accompli,
Déchargé congrûment,
De ramener dûment
Son capuce joli.

2

Gland, point suprême de l'être
De mon maître,
De mon amant adoré
Qu'accueille avec joie et crainte,
Ton étreinte
Mon heureux cul, perforé

Tant et tant par ce gros membre
Qui se cambre,
Se gonfle et, tout glorieux
De ses hauts faits et prouesses,
Dans les fesses
Fonce en élans furieux.

Nourricier de ma fressure,
Source sûre
Où ma bouche aussi suça,
Gland, ma grande friandise,
Quoi qu'en dise
Quelque fausse honte, or, çà,

Gland, mes délices, viens, dresse
Ta caresse
De chaud satin violet
Qui dans ma main se harnache
En panache
Soudain d'opale et de lait.

Ce n'est que pour une douce
Sur le pouce
Que je t'invoque aujourd'hui
Mais quoi ton ardeur se fâche…
O moi lâche !
Va, tout à toi, tout à lui,

Ton caprice, règle unique.
Je rapplique
Pour la bouche et pour le cul
Les voici tout prêts, en selle,
D'humeur telle
Qui te faut, maître invaincu.

Puis, gland, nectar et dictame
De mon âme,
Rentre en ton prépuce, lent
Comme un dieu dans son nuage,
Mon hommage
T'y suit, fidèle – et galant.

1891.

V
Sur une statue

Eh quoi ! dans cette ville d'eaux,
Trêve, repos, paix, intermède
Encor toi de face ou de dos ;
Beau petit ami : Ganymède !

L'aigle t'emporte, on dirait comme
À regret de parmi des fleurs
Son aile d'élans économe
Semble te vouloir par ailleurs

Que chez ce Jupin tyrannique
Comme qui dirait au Revard
Et son œil qui nous fait la nique
Te coule un drôle de regard.

Bah, reste avec nous, bon garçon,
Notre ennui, viens donc le distraire
Un peu, de la bonne façon,
N'es-tu pas notre petit frère ?

Aix-les-Bains, septembre 1889.

VI
Rendez-vous

Dans la chambre encore fatale
De l'encor fatale maison
Où la raison et la morale
Se tiennent plus que de raison,

Il semble attendre la venue
À quoi, misère, il ne croit pas
De quelque présence connue
Et murmure entre haut et bas :

« Ta voix claironne dans mon âme
Et tes yeux flambent dans mon cœur.
Le Monde dit que c'est infâme
Mais que me fait, ô mon vainqueur ?

J'ai la tristesse et j'ai la joie
Et j'ai l'amour encore un coup,
L'amour ricaneur qui larmoie,
O toi beau comme un petit loup !

Tu vins à moi gamin farouche
C'est toi, joliesse et bagout
Rusé du corps et de la bouche
Qui me violente dans tout

Mon scrupule envers ton extrême
Jeunesse et ton enfance mal
Encore débrouillée et même
Presque dans tout mon animal

Deux, trois ans sont passés à peine,
Suffisants pour viriliser
Ta fleur d'alors et ton haleine
Encore prompte à s'épuiser

Quel rude gaillard tu dois être
Et que les instants seraient bons
Si tu pouvais venir ! Mais, traître,
Tu promets, tu dis : J'en réponds,

Tu jures le ciel et la terre,
Puis tu rates les rendez-vous…
Ah ! cette fois, viens ! Obtempère
À mes désirs qui tournent fous.

Je t'attends comme le Messie,
Arrive, tombe dans mes bras ;
Une rare fête choisie
Te guette, arrive, tu verras ! »

Du phosphore en ses yeux s'allume
Et sa lèvre au souris pervers
S'agace aux barbes de la plume
Qu'il tient pour écrire ces vers…

1891.

VII

Monte sur moi comme une femme
Que je baiserais en gamin
Là. C'est cela. T'es à ta main ?
Tandis que mon vît t'entre, lame

Dans du beurre, du moins ainsi
Je puis te baiser sur la bouche,
Te faire une langue farouche
Et cochonne, et si douce, aussi !

Je vois tes yeux auxquels je plonge
Les miens jusqu'au fond de ton cœur
D'où mon désir revient vainqueur
Dans une luxure de songe.

Je caresse le dos nerveux,
Les flancs ardents et frais, la nuque,
La double mignonne perruque
Des aisselles, et les cheveux !

Ton cul à cheval sur mes cuisses
Les pénètre de son doux poids
Pendant que s'ébat mon lourdois
Aux fins que tu te réjouisses,

Et tu te réjouis, petit,

Car voici que ta belle gourle
Jalouse aussi d'avoir son rôle,
Vite, vite, gonfle, grandit,

Raidit… Ciel ! la goutte, la perle
Avant-courrière vient briller
Au méat rose : l'avaler,
Moi, je le dois, puisque déferle

Le mien de flux, or c'est mon lot
De faire tôt d'avoir aux lèvres
Ton gland chéri tout lourd de fièvres
Qu'il décharge en un royal flot.

Lait suprême, divin phosphore
Sentant bon la fleur d'amandier,
Où vient l'âpre soif mendier,
La soif de toi qui me dévore

Mais il va, riche et généreux,
Le don de ton adolescence,
Communiant de ton essence,
Tout mon être ivre d'être heureux.

1891.

VIII

Un peu de merde et de fromage
Ne sont pas pour effaroucher
Mon nez, ma bouche et mon courage
Dans l'amour de gamahucher.

L'odeur m'est assez gaie en somme,
Du trou du cul de mes amants,
Aigre et fraîche comme la pomme
Dans la moiteur de sains ferments.

Et ma langue que rien ne dompte,
Par la douceur des longs poils roux
Raide et folle de bonne honte
Assouvit là ses plus forts goûts,

Puis pourléchant le périnée
Et les couilles d'un mode lent,
Au long du chibre contournée
S'arrête à la base du gland.

Elle y puise âprement en quête
Du nanan qu'elle mourrait pour,
Sive, la crème de quéquette
Caillée aux éclisses d'amour

Ensuite, après la politesse

Traditionnelle au méat
Rentre dans la bouche où s'empresse
De la suivre le vit béat,

Débordant de foutre qu'avale
Ce moi confit en onction
Parmi l'extase sans rivale
De cette bénédiction !

1891.

IX

Il est mauvais coucheur et ce m'est une joie
De le bien sentir, lorsqu'il est la fière proie
Et le fort commensal du meilleur des sommeils
Sans fausses couches – nul besoin ! – et sans réveils,
Si près, si près de moi que je crois qu'il me baise,
En quelque sorte, avec son gros vît que je sens
Dans mes cuisses et sur mon ventre frémissants
Si nous nous trouvons face à face, et s'il se tourne
De l'autre côté, tel qu'un bon pain qu'on enfourne
Son cul délicieusement rêveur ou non,
Soudain, mutin, malin, hutin, putain, son nom
De Dieu de cul, d'ailleurs choyé, m'entre en le ventre,
Provocateur et me rend bandeur comme un chantre,
diantre,
Ou si je lui tourne semble vouloir
M'enculer ou, si dos à dos, son nonchaloir
Brutal et gentil colle à mes fesses ses fesses,
Et mon vit de bonheur, tu mouilles, puis t'affaisses
Et rebande et remouille – infini dans cet us.
Heureux moi ! *Totus in benigno positus !*

1891.

X

Autant certes la femme gagne
À faire l'amour en chemise,
Autant alors cette compagne
Est-elle seulement de mise

À la condition expresse
D'un voile, court, délinéant
Cuisse et mollet, téton et fesse
Et leur truc un peu trop géant.

Ne s'écartant de sorte nette,
Qu'en faveur du con, seul divin,
Pour le coup et pour la minette,
Et tout le reste, en elle est vain

À bien considérer les choses,
Ce manque de proportions,
Ces effets trop blancs et trop roses…
Faudrait que nous en convinssions,

Autant le jeune homme profite
Dans l'intérêt de sa beauté,
Prêtre d'Éros ou néophyte
D'aimer en toute nudité.

Admirons cette chair splendide,

Comme intelligente, vibrant,
Intrépide et comme timide
Et, par un privilège grand

Sur toute chair, la féminine
Et la bestiale – vrai beau !
Cette grâce qui fascine
D'être multiple sous la peau

Jeu des muscles et du squelette,
Pulpe ferme, souple tissu,
Elle interprète, elle complète
Tout sentiment soudain conçu.

Elle se bande en la colère,
Et raide et molle tour à tour,
Souci de se plaire et de plaire,
Se tend et détend dans l'amour.

Et quand la mort la frappera
Cette chair qui me fut un dieu,
Comme auguste, elle fixera
Ses éléments, en marbre bleu !

1891.

XI

Même quand tu ne bandes pas,
Ta queue encor fait mes délices
Qui pend, blanc d'or entre tes cuisses,
Sur tes roustons, sombres appas.

Couilles de mon amant, sœurs fières
À la riche peau de chagrin
D'un brun et rose et purpurin,
Couilles farceuses et guerrières,

Et dont la gauche balle un peu,
Tout petit peu plus que l'autre
D'un air roublard et bon apôtre
À quelles donc fins, nom de Dieu ?

Elle est dodue, ta quéquette
Et veloutée, du pubis
Au prépuce fermant le pis,
Aux trois quarts d'une rose crête.

Elle se renfle un brin au bout
Et dessine sous la peau douce
Le gland gros comme un demi-pouce
Montrant ses lèvres justes au bout.

Après que je l'aurai baisée

En tout amour reconnaissant,
Laisse ma main la caressant,

La saisir d'une prise osée,
Pour soudain la décalotter,
En sorte que, violet tendre,
Le gland joyeux, sans plus attendre,

Splendidement vient éclater ;
Et puis elle, en bonne bougresse
Accélère le mouvement
Et Jean-nu-tête en un moment

De se remettre à la redresse.
Tu bandes ! c'est ce que voulaient
Ma bouche et mon cul/con… choisis, maître.
Une simple douce, peut-être ?

C'est ce que mes dix doigts voulaient.
Cependant le vit, mon idole,
Tend pour le rite et pour le cul —
Te, à mes mains, ma bouche et mon cul
Sa forme adorable d'idole.

1891.

XII

Dans ce café bondé d'imbéciles, nous deux
Seuls nous représentions le soi-disant hideux
Vice d'être « pour homme » et sans qu'ils s'en dou-
tassent
Nous encagnions ces cons avec leur air bonasse,
Leurs normales amours et leur morale en toc,
Cependant que, branlés et de taille et d'estoc,
À tire-larigot, à gogo, par principes
Toutefois, voilés par les flocons de nos pipes,
(Comme autrefois Héro copulait avec Zeus),
Nos vits tels que des nez joyeux et Karrogheus
Qu'eussent mouchés nos mains d'un geste délectable,
Eternuaient des jets de foutre sous la table.

1891.

XIII
Dizain ingénu

O souvenir d'enfance et le lait nourricier
Et ô l'adolescence et son essor princier !
Quand j'étais tout petit garçon j'avais coutume
Pour évoquer la Femme et bercer l'amertume
De n'avoir qu'une queue imperceptible bout
Dérisoire, prépuce immense sous quoi bout
Tout le sperme à venir, ô terreur sébacée,
De me branler avec cette bonne pensée
D'une bonne d'enfant à motte de velours.
Depuis je décalotte et me branle toujours !

1890.

XIV

O mes amants,
Simples natures,
Mais quels tempéraments !
Consolez-moi de ces mésaventures
Reposez-moi de ces littératures,
Toi, gosse pantinois, branlons-nous en argot.
Vous, gas des champs, patoisez moi l'écot,
Des pines au cul et des plumes qu'on taille,
Livrons-nous dans les bois touffus
La grande bataille
Des baisers confus.
Vous, rupins, faisons-nous des langues en artistes
Et merde aux discours tristes,
Des pédants et des cons.
(Par cons, j'entends les imbéciles,
Car les autres cons sont de mise
Même pour nous, les difficiles,
Les spéciaux, les servants de la bonne Église
Dont le pape serait Platon
Et Socrate un protonotaire
Une femme par-ci, par-là, c'est de bon ton
Et les concessions n'ont jamais rien perdu
Puis, comme dit l'autre, à chacun son dû
Et les femmes ont, mon dieu, droit à notre gloire

Soyons-leur doux,
Entre deux coups
Puis revenons à notre affaire).
O mes enfants bien aimés, vengez-moi
Par vos caresses sérieuses
Et vos culs et vos nœuds régals vraiment de roi,
De toutes ces viandes creuses
Qu'offre la rhétorique aux cervelles breneuses
De ces tristes copains qui ne savent pourquoi.
Ne métaphorons pas, foutons
Pelotons nous bien les roustons
Rinçons nos glands, faisons ripailles
Et de foutre et de merde et de fesses et de cuisses.

Le sonnet du trou du cul
Par Arthur Rimbaud et Paul Verlaine

En forme de parodie d'un volume d'Albert Mérat, intitulé *l'Idole*, où sont détaillées toutes les beautés d'une dame : sonnet du front, sonnet des yeux, sonnet des fesses, sonnet du… dernier sonnet.

Paul Verlaine Fecit

Obscur et froncé comme un œillet violet
Il respire, humblement tapi parmi la mousse
Humide encor d'amour qui suit la pente douce
Des fesses blanches jusqu'au bord de son ourlet.

Des filaments pareils à des larmes de lait
Ont pleuré, sous l'auteur cruel qui les repousse,
À travers de petits caillots de marne rousse,
Pour s'en aller où la pente les appelait.

Arthur Rimbaud Invenit

Ma bouche s'accouple souvent à sa ventouse
Mon âme, du coït matériel jalouse,
En fit son larmier fauve et son nid de sanglots
C'est l'olive pâmée et la flûte câline
C'est le tube où descend la céleste praline
Chanaan féminin dans les moiteurs éclos.

Table des matières

www.grandsclassiques.com

ISBN ebook : 9782512008682
ISBN papier : 9782512009887

Dépôt légal : D/2018/12603/174

Couverture : © Hélène Massart
Conception numérique : Primento, le partenaire numérique des éditeurs